AF254086

LA SEMAINE

MÉMORABLE,

OU

RÉCIT EXACT

De ce qui s'est passé à Paris depuis
le 12 jusqu'au 17 Juillet.

24 Juillet 1789.

N. B. *Cette Relation est particulièrement destinée pour les Provinces. Les
braves Citoyens de Paris n'ont pas besoin
qu'on leur retrace des faits qui resteront
à jamais gravés dans leur memoire & dans
leurs cœurs.*

LA SEMAINE

MÉMORABLE,

O U

RÉCIT EXACT

De ce qui s'est passé à Paris depuis le 12 jusqu'au 17 Juillet.

Tout le monde se souvient du jour de la Séance Royale, qui fut, tout-à-la-fois, un jour de deuil pour Versailles & Paris, & un jour de triomphe pour M. Necker. Ce triomphe lui étoit dû; mais le sort lui en préparoit un plus beau. Les ennemis de la France, en voulant perdre ce Ministre, se sont perdus eux-mêmes; ils reçoivent aujourd'hui le juste prix de leur bassesse & de leurs perfides complots.

A 2

Lorsqu'on sut à Paris, le 24 Juin, que M. Necker restoit dans le Ministère, on ne put que se livrer à la joie. Elle étoit particulièrement fondée sur cet espoir, que les conseils d'un Ministre vertueux rendroient inutiles les efforts redoublés de la cabale qui investissoit le Trône. Dans cette confiance, les Habitans de la Capitale jouissoient du calme qui y étoit rétabli ; mais ce calme n'a pas été long. L'arrivée successive des troupes a bientôt fait renaître les allarmes. Malgré les paroles de paix données à l'Assemblée Nationale & aux Citoyens de Paris, on ne pouvoit pas être tranquille : on avoit trop appris à se défier des Ministres perfides qui, chaque jour, trompoient le Roi & la Nation. On savoit d'ailleurs que les Aristocrates ne se lassoient point de cabaler. Leur projet étoit d'allumer le flambeau de la guerre civile, afin de pouvoir égorger à leur aise leurs concitoyens & leurs frères. L'évènement n'a que trop justifié ces craintes qu'avoient tous les bons Citoyens.

Le 12 Juillet, au moment où on devoit croire M. Necker plus affermi que
jamais dans le Ministère, on apprend
qu'il est disgracié ; on dit même qu'il a
reçu ordre de sortir du Royaume, &
qu'il est déja parti. Cette nouvelle se ré-
pand dans la Capitale à onze heures du
matin : la moitié de Paris en doute ; mais
à quatre heures après-midi la nouvelle se
confirme, & cet évènement devient une
calamité publique. Tous les Citoyens
rassemblés aux Spectacles se retirent : on
en ferme les portes, & chacun va gémir
avec ses frères des malheurs dont la
France est menacée. On se représente
déja les troupes avançant vers Paris.
La bonté connue du Roi ne rassure pas
les meilleurs Citoyens. Il est trompé,
disent-ils ; on nous a calomniés auprès
de lui, & nous avons tout à redouter de
la fureur de ceux qui l'entourent. Deux
heures, à-peu-près, se passent dans ces
craintes. A sept heures on entend des
coups de fusil à la Place Louis XV ; ce

sont quelques soldats effrénés qui ont l'audace de tirer sur le peuple. On veut se réfugier aux Tuileries : le Prince de Lambesc entre à cheval avec sa troupe dans ce jardin , & fait fuir les femmes & les enfans ; il donne un coup de sabre à un vieillard de 66 ans qui se trouve sur son passage. On apprend bien vîte qu'un Garde Française a été tué pour avoir voulu défendre les Citoyens. Sa mort devient le signal de la guerre civile. Paris change tout-à-coup de face. A l'a-battement & à la douleur succèdent l'in-dignation & le désespoir. Le peuple court en foule dans toutes les rues, en criant : *Aux armes, aux armes.* Les femmes tremblantes répètent ces cris en rentrant dans leurs maisons. Les boutiques des Armuriers sont enfoncées. On se porte dans tous les lieux où on soupçonne qu'il y a des armes ; malheureusement ce sont des gens de la plus vile populace qui s'en emparent ; les honnétes Citoyens voyent de tous côtés leur vie en danger.

Mais bientôt les Electeurs de Paris se
rendent à l'Hôtel-de-Ville ; le Corps municipal se joint à eux, & on convoque
sur le champ les Assemblées des Districts,
où tous les Habitans de la Capitale arrivent en foule, appelles par les cloches &
par l'impatience de défendre leurs foyers.
Ils passent la nuit à délibérer sur les me-
sures qu'il convient de prendre dans une
circonstance aussi orageuse. Pendant ce
tems, le Peuple en armes traverse toutes
les rues avec des torches allumées : il
parle de saccager, de brûler le Temple,
le Palais Bourbon, l'Hôtel - Bretonvil-
liers, &c. des Citoyens courageux lui
en imposent, & sont assez heureux pour
contenir sa fureur (1).

---

(1) Je connois un étranger très estimable,
qui, dans cette nuit, a été arrêté trois fois,
& qu'on a obligé, le poignard sous la gorge,
de marcher, pendant deux heures, avec une
torche à la main.

Le 13, il se forme à l'Hôtel-de-Ville un Comité permanent, composé des Officiers municipaux & de quatorze Electeurs. M. de Flesselles, Prevôt des Marchands, le préside; & M. le Marquis de la Salle, un des Electeurs, est nommé Commandant de la Milice Parisienne. Ce Comité dirige toutes les opérations nécessaires pour assurer la défense & la tranquillité de la Capitale. On cherche des armes & des munitions de tous côtés, on s'occupe des subsistances, & on arrête qu'il ne sera permis à aucune personne ni à aucune voiture de sortir de Paris. On visite toutes celles qui entrent. Cependant les Districts restent toujours assemblés. Chacun d'eux met sur pied plusieurs Compagnies de Milices; elles sont formées des Citoyens de toutes les classes; il n'en est pas un qui ne brigue l'honneur d'y entrer. Tous s'empressent d'aller se faire inscrire dans leurs Districts ou à l'Hôtel-de-Ville, pour avoir un poste & des armes. Il est impossible

de

de se peindre le mouvement qui regne alors dans Paris, & l'aspect imposant des rues. Nulle voiture, nulle boutique ouverte. Tous les quartiers remplis de gens armés, les uns tumultueusement assemblés, les autres marchant en ordre, avec des tambours, des trompettes, & conduits par des Compagnies entieres de Gardes-Françaises. Ces braves Soldats, tout en se dévouant à la défense de la Patrie, contiennent la populace, préviennent autant qu'ils peuvent les désordres, & établissent la discipline. Les Milices sont bientôt rassemblées & en ordre; mais comme elles ne peuvent pas être par-tout, le Peuple se permet quelques excès : il ouvre les prisons de la Force, s'empare des armes du Garde-Meuble, & saccage le Couvent des Lazaristes, rue du Faubourg Saint-Denis. Ces Peres avaient des magasins considérables de farine & de bled : tout est porté avec ordre à la Halle, pour y être vendu au profit des pauvres. Les Moines

font forcés d'accompagner eux-mêmes
les voitures.

Dès l'après-midi, la police commence
à s'établir au milieu du désordre. On
peut fortir sans danger, pourvu qu'on
ait une cocarde verte au chapeau. Des
Patrouilles font la ronde dans tous les
quartiers ; on arrête les vagabonds,
les malfaiteurs, & on les conduit en
prison.

C'est ainsi que se passe la journée du
13, qui en préparoit une bien défaf-
treuse.

L'Assemblée Nationale, apprenant à
Versailles la position critique de la Capitale, députe quelques-uns de ses Membres vers le Roi, pour l'en instruire, &
pour le supplier de retirer ses troupes.
Elle arrête en même-temps une autre
députation pour Paris, qui ne doit avoir
lieu que dans le cas où la réponse du Roi
feroit favorable ; mais cette réponse est
finistre. Les Représentans de la France
n'ont aucun mot de paix à porter aux

malheureux Habitans de la première Ville du Royaume : les voilà livrés à eux-mêmes & à leur défefpoir ; & la nuit, qui vient redoubler leurs allarmes, ajoute encore à leur fituation horrible.

Le 14, ils s'occupent plus que jamais des moyens de fe défendre contre les entreprifes des troupes qui les invef- tiffent ; mais les armes , les munitions leur manquent : le courage y fupplée ; ils vont enlever les canons & les fu- fils des Invalides : quoique tous les diftricts y arrivent en ordre, l'ardeur de s'armer eft telle , qu'on fe jette en foule dans les caves où font les fufils : plufieurs braves Citoyens font étouffés. Après cette expédition , les Milices viennent en triomphe au Palais Royal , & de là fe rendent, par la rue Saint-Honoré, à l'Hôtel-de-Ville , où les armes font dépofées. On tranfporte les canons par-tout où ils peuvent être utiles : on en place à l'entrée des fauxbourgs , fur Montmartre , aux Tuile-ries , fur les ponts & les quais ; les principales rues font barricadées.

Avec les canons on voit arriver des voitures confidérables de farine & de bled. On apprend en même-tems qu'on s'eft emparé, la veille, d'un bateau chargé de poudres : dès ce moment toute allarme & toute crainte ceffent ; les rues retentiffent de *bravo* & d'acclamations, elles font hériffées de bayonnettes & de piques ; à peine voit-on un feul homme qui ne foit point armé, & il n'y en a pas un feul qui n'ait une cocarde ; fans cette marque diftinctive fa vie feroit en danger (1).

---

(1) Le jour précédent, on ne portoit que des cocardes vertes : mais quelqu'un ayant dit à l'Hôtel de Ville que cette couleur étoit celle de M. le Comte d'Artois, elle a été regardée auffi-tôt comme infâme ; & dans tout Paris, en moins d'une heure, les cocardes vertes ont été changées en cocarde rofe & bleu.

Il étoit impoſſible qu'avec des armes & l'amour de la liberté, l'ardeur des Pariſiens pût ſe contenir. Tout le monde penſe à la Baſtille, & déſire qu'on en faſſe le ſiége. Cette expédition a lieu l'après-midi. Pour éviter l'effuſion du ſang, M. le Procureur du Roi de la Ville entre dans ce château en Parlementaire, & propoſe au Gouverneur des articles de capitulation; il ne peut rien obtenir: alors commence l'attaque. Dans le premier moment, les Milices Pariſiennes ne tirent que des coups de fuſils; mais les canons arrivent bientôt : on diſpoſe pluſieurs batteries. Le feu commençoit à rouler, lorſqu'on apperçoit un pavillon blanc ſur un baſtion, & les ponts de la Baſtille s'abattre. Les Pariſiens jugeant, avec raiſon, que M. de Launay ſe rendoit, entrent en foule dans la premiere cour; mais le pavillon diſparoît, les ponts ſont relevés, & le lâche & infâme Gouverneur de la Baſtille fait tirer ſur les braves gens qui ſont entrés. Il eſt bientôt

puni de fon atrocité : demi-heure après la
Baftille eft prife (1); on conduit Launay

---

(1) Un inftant auparavant, le fieur de Launay
avoit fait dire aux affiégeans qu'il avoit deux
millions de poudre, & qu'il étoit décidé à faire
fauter la Baftille, fi on ne fe retiroit pas. L'offi-
cier de Milice Parifienne, qui commandoit
l'attaque, répond ; *Nous n'avons pas deux
millions de poudre, mais nous avons du fang
Français, continuez.*

Après la reddition du Fort, le feu a pris à un
bâtiment, qui n'étoit pas fort éloigné des poudres. Un Chevalier de Saint-Louis, marchant
à la tête de fon diftrict, y entroit en ce moment. On l'avertit du danger. Il s'arrête, & dit
qu'il feroit défefpéré de facrifier les cent
cinquante braves gens qui l'accompagnent : puis
il ajoute, en leur adreffant la parole : *Meffieurs,
fi quatre ou fix feulement d'entre vous veulent
me fuivre, nous entrerons, & nous fauverons
peut-être les voifins.* Alors tous s'empreffent
autour de lui, & le détachement entier entre à
la Baftille.

Qu'on compare ces traits vraiment héroiques
à la lâcheté du fieur de Launay, & à la foi-

& tous ſes ſatellites à la Grêve : on tranche
lá tête à cet abominable homme & au Sous-

---

bleſſe qu'ont montré ces jours-ci deux très-
grands Seigneurs.

L'un eſt le Duc du Châtelet. Le lundi 13,
voulant ſe rendre à Verſailles *incognitò*, il
traverſe la Seine dans le bacq qui eſt vis-à-vis
les Invalides. Quoique déguiſé, il eſt reconnu,
On fait auſſi-tôt une motion pour le jetter à l'eau.
Mais quatre ſoldats aux Gardes, qui ſe trou-
voient dans le bacq demandent ſa grace, & l'obtiennent. Le Duc avoit ſi grand peur de perdre
la vie, qu'il diſoit à MM. du Tiers-Etat : *Meſ-*
ſieurs, j'ai toujours défendu votre cauſe, & je
la défendrai toujours ; je n'ai jamais penſé au-
trement que vous, &c. &c.

L'autre grand Seigneur, eſt le Prince de Mont-
barey. Tout le monde ſait qu'arrêté & conduit à l'Hôtel-de-Ville, il y a reſté près de
quatre heures, entre la vie & la mort. Dans
un moment où pluſieurs bayonnettes brilloient
trop près de lui, il a mis la main ſur ſon
cordon, & a dit : *Meſſieurs, ſi ce ſont ces*
marques d'honneur qui vous offenſent, je ſuis

Gouverneur; on pend deux canonniers. On se disposoit à faire justice des autres, lorsque vingt mille voix s'élèvent, & demandent grace pour le reste de la garnison. Cette grace est accordée. Les Invalides, Officiers & Soldats, sont relâchés, & on envoie au camp du Champ de Mars les petits Suisses, en leur disant : *Apprenez à vos camarades la manière dont vous avez été traités, & faites-leur connoître le peuple qu'on veut leur faire égorger.*

Il ne faut pas demander si les prisonniers de la Bastille (1) sont mis en liberté :

---

prêt à les dépouiller & à les fouler à vos pieds devant vous.

Voilà la fermeté & la bravoure de nos Aristocrates. Ces gens-là ne savent pas mourir, ils ne savent que conspirer.

(1) Les troupes qui ont fait le siége de la Bastille, étoient mêlées de Gardes Françaises & de Milices Parisiennes. C'est un Grenadier qui arbora le premier le pavillon citoyen. Le

il ne s'en eſt pas trouvé un grand nombre; mais il y en avoit deux qui y étoient depuis trente & quarante ans. On les promène en triomphe dans tout Paris : de

---

Peuple a décoré ce brave homme d'un cordon bleu, & lui a donné la Croix de Saint-Louis du Gouverneur.

Un Horloger, nommé Humbert, natif de Langres, jeune homme du plus grand courage, bravant tous les dangers, monta le premier ſur les tours ; mais ſongeant plutôt au péril de ſes frères qu'au ſien propre, il força un *petit Suiſſe*, à qui il venoit d'accorder la vie, de le conduire au canon dirigé contre les Citoyens. Il s'en fallut peu que cet acte de prudence & d'héroïſme, ne lui coûtât la vie : comme il avoit une épaule ſous le canon pour le démonter, une balle le jette à terre. Le petit Suiſſe, ſon guide, touché de pitié, déchira auſſi-tôt ſa chemiſe, lui panſa généreuſement ſa bleſſure, & le porta ſur ſes épaules auprès de nos Concitoyens. On le tranſporta aux Minimes ; là, le Chirurgien Major tira de ſon cou la balle, dont il avoit été bleſſé.

l'Hôtel-de-Ville on les conduit au Palais Royal, avec les mêmes habits qu'ils avoient dans la prison. Avant ce spectacle touchant, on en avoit vu un terrible & bien propre à intimider les Ministres pervers; c'est celui des deux têtes coupées, qui avoient été exposées dans toute la Ville aux regards des Citoyens armés : on les a montrées, pendant une demi-heure, au Palais Royal.

Dans le temps qu'on canonnoit la Bastille, & qu'on ignoroit dans Paris quel seroit le succès de cette expédition, on voit arriver du fauxbourg Saint-Honoré plusieurs compagnies entières de Gardes Françaises, marchant avec leurs tambours, leurs canons, des chariots de munitions, &c. On se demande où ils vont : ils sont seuls, & point mêlés de Gardes Bourgeoises ; ils n'ont aucun de leurs Officiers. Plusieurs personnes pensent qu'ils marchent au secours des assiégeans ; d'autres craignent que ce ne soit une ruse du Gouvernement pour sauver

la Bastille ; mais ces craintes font bientôt diffipées : on apprend que ces braves
gens , retenus dans leurs cafernes par
leurs Officiers , venoient de les forcer
pour fe rendre à l'Hôtel-de-Ville , & pour
y offrir leurs bras aux Concitoyens ,
en fe mettant fous leur fauve-garde.

Enfin , la journée fe termine par une
juftice éclatante. M. de Fleffelles , Prévôt
des Marchands , étoit un traître ; il atti-
roit toutes les armes & toutes les munitions à l'Hôtel-de-Ville pour les livrer
au Gouvernement. Il eft convaincu de
cette trahifon : on lui tranche la tête ;
mais on ne juge pas cette tête digne feulement d'être préfentée au peuple ; on fe
contente de la fouler aux pieds.

M. le Comte de Noailles , témoin de
ces fcènes fanglantes , court à toutes
brides à Verfailles. Il fe rend à l'Affemblée Nationale , & déchire tous les cœurs
par le récit touchant des défaftres de la
Capitale : on arrête auffi-tôt une députation au Roi ; il eft un des Députés.

Il dit à Sa Majesté ce qu'il a vu, & lui expose les malheurs dont la Capitale est menacée : le Roi paroît attendri ; mais sa réponse est seche & vague.

Dans cet instant, des Députés du Comité de Police de Paris arrivent à la salle nationale ; ils racontent de nouveaux malheurs : l'Assemblée est consternée ; plusieurs Membres fondent en larmes : on se demande quel parti il faut prendre. Le cœur du Roi est affligé ; il est prévenu contre les Représentans mêmes de la Nation : n'importe, la justice & la bonté naturelle du Monarque les encourage ; ils ne se lasseront jamais de les réclamer. Une nouvelle députation est nommée ; elle part avec l'espoir de rapporter à l'Assemblée quelque parole de paix & de concilia- tion. Cet espoir est vain : les Députés font reçus, mais n'obtiennent rien ; ils vont en gémissant porter à l'Assemblée la dernière réponse du Roi. Quand on l'entendit, il n'y eut qu'un cri d'indigna- tion & de désespoir. Les objets de cette indignation étoient les Miniſtres du Prince, & tous ceux qui, dans leur coupable aveuglement & leur méchanceté obſtinée, ſe faiſoient alors un jeu de perdre la France.

Cependant, les allarmes redoublent à Paris, ſes malheureux Habitans ſe préparent à recevoir l'ennemi dans la nuit. Les rues ſont éclairées par des lampions placés aux fenêtres des premiers étages. On met des patrouilles partout, des vedettes à tous les poſtes. La conſternation eſt générale; mais il n'eſt pas un Citoyen qui ne ſoit décidé à vendre ſa vie chérement.

On aſſure que la Ville devoit être attaquée cette nuit même, dans trois endroits à la fois, à Montmartre, par M. *Bezenval*, à la barrière de Sève, par M. *d'Autichamps*, & au Faubourg Saint-Honoré, par le gros de l'armée, le Maréchal *de Broglie* à la tête : trois fuſées tirées au-même inſtant, devoient ſervir de ſignal. On devoit placer des batteries de canons confidérables , à Montmartre , & à Ménil-Montant, & de-là tirer à boulet rouge , fur la Ville , & la bombarder , en cas de réfiftance. Ce Projet infernal n'a pas été exécuté , parce que la loyauté des troupes Françaifes ne leur a pas permis d'obéir ; elles n'ont pas voulu maffacrer leurs compatriotes.

C'eft ce qui a fait changer fi promptement les difpofitions à la Cour.

Le lendemain matin , 15 , au moment où l'Affemblée Nationale fe difpofoit à envoyer une députation au Roi, on voit arriver dans la falle ce bon Prince , feul & fans gardes , accompagné fimplement de fes deux frères. Il dit aux Députés , qu'il vient fe mettre au milieu de fon Peuple , & demander des confeils à l'ASSEMBLÉE NATIONALE. « J'ai donné ordre aux troupes , ajou-» te-t-il , de s'éloigner de Paris & de » Verfailles. Je vous autorife & vous » invite même à faire connoître mes

» difpofitions à la Capitale ». A ces mots, des cris de joie & d'acclamations fe font entendre de toutes parts dans la falle & au dehors. Le Roi fort, foutenu, porté par les Députés. Il fe rend ainfi à pied au Château, fuivi d'un Peuple immenfe qui le comble de bénédictions.

L'Affemblée Nationale nomme fur-le-champ une députation de quatre-vingt Membres, pour aller porter cette heureufe nouvelle à l'Affemblée générale des Electeurs de Paris, réunis à l'Hôtel de Ville, M. le Duc d'Orléans expédie un courier qui arrive au Palais Royal à une heure, & qui met la joie dans tous les cœurs. Il en vient bientôt d'autres, qui tous apportent la même nouvelle. Cependant beaucoup de perfonnes doutent encore, & ont befoin de voir la députation de Verfailles, pour croire à un changement fi inattendu. Elle arrive enfin. Les quatre-vingt Députés defcendent de voiture à la Place Louis XV, & fe rendent proceffionnellement, & en habit de cérémonie à l'Hôtel de Ville, précédés & suivis par les Milices Bourgeoises, qui ont combattu si glorieusement pour la liberté. Ils marchent quatre à quatre, mêlés ensemble, & sans autre distinction que le costume. Le Peuple innombrable de la Capitale se porte en foule sur leur passage, & fait retentir les airs de cris de *vive la Nation*, *vive le Roi*, *vive les Députés*. Les Députés y répondent par des battemens de mains redoublés. La joie est universelle : on est dans l'ivresse & l'enchantement : on ne sait si c'est une fête donnée à la Nation ou à ses Représentans. De part & d'autre, on a montré le même courage ; on a le même amour pour la Patrie & pour le Roi, avec la même ardeur pour la liberté. Ce jour est son triomphe. Quel est celui dont le cœur pourroit n'être pas ému par un spectacle aussi sublime & aussi touchant.

Cependant, les Députés entrent dans la grand'salle de l'Hôtel-de-Ville, & s'y s'y affeoient ; M. le Marquis *de la Fayette*, M. l'Archevêque de Paris, M. le Comte *de Clermont - Tonnerre* prennent fucceffivement la parole. M. le Marquis *de la Fayette* préfidoit la députation : Il dit qu'en venant porter, de la part du Roi, à fon Peuple, des paroles de paix, il efpéroit lui rap- porter auffi la paix dont fon cœur a befoin. M. Moreau de Saint-Méry ré- pond, que la ville de Paris accepte avec tranfport la paix & la tranquil- lité que le Roi lui envoye. Il invite les Citoyens de la Capitale, à oublier les fautes de ceux qui ont pu manquer aux devoirs que leur impofoit la Patrie, & à pardonner, même à ceux qui ont eu le malheur de verfer le fang de leurs Conictoyens. C'eft au moment, ajoute- t-il, du triomphe de la liberté, qu'il convient d'être généreux : les coupa- bles feront affez punis en nous voyant jouir du bien dont ils vouloient nous priver.

D

Après ce discours, M. le Marquis de la Fayette est proclamé par un cri unanime, Commandant en chef de la Milice Parisienne. Le même cri général nomme M. Bailly, Prévôt des Marchands. Des couronnes de laurier leur sont distribuées. M. le Comte de Lally en reçoit une particulière pour prix de l'éloge qu'il a fait de la conduite des Gardes-Françaises. Ces braves soldats se présentent avec leurs drapeaux, & adressent au Président quelques phrases qui ne sont point entendues.

Pendant que ces scènes intéressantes se passent à l'Hôtel-de-Ville, le Héros-Grenadier, qui, la veille, a le premier escaladé le fort de la Bastille, est conduit en triomphe au Palais-Royal dans un beau wiski, ayant une couronne de fleurs sur la tête, un cordon bleu & la croix de Saint-Louis.

En sortant de l'Hôtel de Ville, les Députés vont à la Cathédrale pour remercier le Ciel du rétablissement de la paix; on chante à la même heure le *Te Deum* dans toutes les Eglises. Les Citoyens s'y rendent en foule pour célébrer une journée aussi fortunée & aussi glorieuse ; & le son des cloches va porter dans les airs l'expression de leur joie. Cependant ils songent bientôt à la contenir ; ils se rappellent que , dans le discours prononcé par le Roi à l'Assemblée Nationale , il n'est pas question du renvoi des Ministres ; & tant que ces Ministres pervers entourent le trône, Paris se croit en danger. D'ailleurs les troupes sont encore aux portes de la Capitale. Les villages voisins ne peuvent les contenir. Il en arrive de tous côtés , & à chaque heure du jour & de la nuit. Le Chef qui les commande , furieux de n'avoir pas joué un rôle , peut , sous quelque prétexte, & malgré ce qui s'est passé , surprendre un ordre du Roi. Il est donc prudent de se tenir sur ses gardes, & en état de défense. Ces idées font succéder la défiance à la joie.

Chacun reſte ou retourne à ſon poſte. Les patrouilles ſont doublées ; les ordres les plus ſévères ſont donnés dans tous les diſtricts , pour qu'on ne ſe relâche point de la diſcipline obſervée juſqu'à ce moment. Pluſieurs particuliers avoient illuminé leurs maiſons juſqu'aux toits. On fait éteindre ces lumières , en diſant que le moment de ſe réjouir n'eſt pas encore venu. Quand viendra-t-il donc ? Faudra-t-il toujours ſe livrer à la crainte & aux allarmes ? Ce ſentiment eſt pénible pour des Français qui aiment & qui eſtiment leur Roi. On paſſe la nuit & le jour ſuivant dans ces perplexités ; vingt-quatre heures après les actions de graces rendues à la Cathédrale , on doute encore s'il faut croire au retour de la paix. Les Miniſtres ſont toujours à Verſailles. Enfin le Roi ſe décide à les renvoyer. A peine ſont-ils partis , que la barrière d'airain qu'ils avoient élevée entre le Prince & ſes ſujets , tombe d'elle-même. Le cœur

du Roi eſt acceſſible à tous les ſentimens que peut inſpirer à un Monarque vertueux l'amour de ſon Peuple. Louis XVI ne ſe contente pas de
rendre la paix aux habitans de ſa bonne
Ville de Paris ; il veut venir en célébrer
le retour avec eux. C'eſt un père qui
veut rendre viſite à ſes enfans.

Le Comité de l'Hôtel-de-Ville en eſt
inſtruit par une députation de l'Aſſem-
blée Nationale, qui lui annonce que le
Roi vient à Paris le lendemain 17. Qui
peut rendre les tranſports d'allégreſſe
que cette heureuſe nouvelle fit naître
dans tous les cœurs des Habitans de la
Capitale ? & qui peindra jamais les té-
moignages touchans d'amour & de reſ-
pect que les Pariſiens donnèrent à leur
Roi le jour ſuivant, jour mémorable &
glorieux pour la France ?

Le Roi part de Verſailles dans une
voiture fort ſimple, où ſont avec lui
MM. le Prince *de Beauveau*, le Duc *de
Villeroy*, le Duc *de Villequier*, & le

Comte *d'Eſtaing*. Cent cinquante mille Citoyens ſous les armes forment deux haies de Verſailles à Paris.

C'eſt au milieu de cette Milice brillante, ſans autres Gardes que les cœurs de ſes fidèles Sujets, que le Roi ſe rend dans la Capitale. A ſon arrivée à la Place Louis XV, il eſt reçu par les Electeurs de Paris & par le Corps Municipal : M. Bailly, qui eſt à leur tête, lui remet les clefs de la Ville. Bientôt on apprend qu'il va y faire ſon entrée. Tous les cœurs volent au-devant de lui. Qu'on ne s'attende pas à le voir entouré de ce cortège ordinaire qui en impoſe peut-être à la multitude, mais qui ne ſert qu'à rendre les Rois inacceſſibles à leurs Sujets. Louis XVI n'en a pas beſoin. Seul, avec ſon Peuple, il eſt plus grand mille fois qu'au milieu de ſa Cour, & ſon entrée n'en eſt que plus pompeuſe & plus brillante ; elle offre un ſpectacle unique & touchant, qui ne peut jamais être oublié par ceux qui en ont été les heureux té-

moins. La Garde entière de Paris, des
femmes portant des rameaux d'olivier,
une Cavalerie nombreuſe, formée de
la plus belle jeuneſſe, le Régiment des
Gardes, les Electeurs de la Capitale, &
les Repréſentans de la Nation, voilà ce
qui précède & accompagne la voiture
du Roi-citoyen. Quel glorieux cortège!
en vit-on jamais un ſemblable ? L'air
retentit du bruit du canon, des cloches
& des tambours ; mais on n'entend que
les cris de joie d'un peuple immenſe, qui
répète, mille & mille fois : Vive la Nation ! vive le Roi !... Vive le Roi! vive
la Nation !

C'eſt parmi ces acclamations que le
Roi arrive à la grand'Salle de l'Hôtel-de-
Ville, où on a élevé un trône à ſon
patriotiſme & à ſes vertus. A peine eſt-il
aſſis, qu'il veut exprimer la joie qu'il
a de ſe voir au milieu de ſon Peuple.
Mais les douces émotions que ſon cœur
éprouve, ne lui permettent pas de par-
ler. Il prie M. Bailly d'être l'interprète

de ſes ſentimens, & de dire à l'Aſſem-
blée, qu'il regarde ce jour comme le
plus beau jour de ſa vie.

M. *Moreau de Saint-Méry*, Préſident
des Electeurs, adreſſe à Sa Majeſté un
diſcours plein de nobleſſe & de ſenſibi-
lité. M. le Comte *de Lally - Tolendal*
parle enſuite, & après avoir intéreſſé
tous les cœurs par le tableau touchant
des bienfaits du Roi & de la reconnoiſ-
ſance de la Nation : « SIRE, ajoute-t-il,
» vous les voyez ces, Sujets généreux &
» ſenſibles qui vous idolâtrent : écoutez
» leurs réclamations ; liſez ſur leurs
» viſages ; pénétrez dans leurs cœurs,
» vous n'y verrez que l'expreſſion de
» l'amour & de la fidélité : il n'en eſt
» pas un ſeul qui ne ſoit prêt à verſer
» pour vous juſqu'à la derniere goutte
» de ſon ſang ». A ces derniers mots,
tous ceux qui rempliſſent la ſalle, levent
la main à-la-fois, & ce geſte ſublime &
inattendu, dit aſſez que leurs cœurs &
leurs vies ſont à leur Roi. Ce Prince eſt

touché

touché d'un témoignage d'amour aussi beau : on voit couler de ses yeux des larmes de joie & d'attendrissement.

C'est alors que M. Bailly lui présente une cocarde semblable à celle que portent tous les Citoyens. Le Roi la met à son chapeau, se couvre ; & se montrant à une croisée, témoigne sa joie à son Peuple. De nouvelles acclamations se font entendre. Chacun se dit, *le Roi a la cocarde.* Quel moment glorieux, quel heureux moment, pour le Prince & pour ses sujets ! Il n'y a pas trois jours que cette cocarde étoit le signal du désespoir & de la mort ; & elle devient aujourd'hui le gage d'une alliance éternelle entre le Trône & la Nation.

M. Bailly a peint en deux mots ce grand événement, en disant au Roi, lorsqu'il est entré à Paris : *Sire, j'apporte à Votre Majesté les clefs de sa bonne Ville de Paris ; ce sont les mêmes qui ont été présentées à Henri IV ; il avoit reconquis son Peuple, ici ce'st le Peuple qui a reconquis son Roi.*

E

Notes particulières.

1. Il est bon d'apprendre aux Citoyens des Provinces, l'effet merveilleux qu'a produit ici la journée du 14. On l'appelle aussi la journée des miracles. Dès le lendemain 15, il s'est fait un changement total dans les esprits. M. *de Crosne*, Lieutenant de Police, envoye sa démission au Comité de l'Hôtel de Ville. M. le Baron d'Ogny, craignant qu'on ne soupçonne quelque abus de confiance à la Poste, fait prier le même Comité de nommer des Electeurs pour présider au départ & à la distribution des lettres. De très-grands Seigneurs se font inscrire dans leurs districts. Quelques-uns montent la garde bourgeoise. A Versailles, les Membres de la majorité de la Noblesse & de la minorité du Clergé, déclarent qu'ils levent eux-mêmes toutes leurs protestations & toutes leurs réserves contre la réunion en-

tière. Auffi quelques plaifans cruels di-
rent que la fameufe queftion de la dé-
libération par Ordre ou par tête, vient
d'être décidée à jamais par les Bour-
geois de Paris.

2. On eft maintenant occupé à dé-
molir la Baftille. Tout Paris va vifiter
cet ancien Boulevard du defpotifme mi-
niftériel. Chacun veut avoir la gloire
d'en abattre une pierre. Comme, au moment de la reddition de ce fort, on n'a
pas fongé à enlever les archives, elles
ont été livrées au Public. Il y a des
pièces fort intéreffantes, qui font entre les mains de tout le monde ; des
regiftres fur-tout qui font foi des atro-
cités commifes par les Miniftres fous
les règnes de Louis XIV & de Louis XV.
On en jugera par les articles fuivans,
extraits fidelement d'un de ces regiftres,
où règne le plus grand ordre, & où
fe trouvent écrits, fur différentes colon-
nes, les noms des détenus, le tems &
le fujet de leurs détentions, avec les

noms des Miniſtres qui ont ſigné l'ordre de leur entrée & de leur ſortie. Ce ſont ſur-tout les ſujets de détention qu'on a jugé à propos de recueillir, parce qu'ils ſont quelquefois accompagnés d'obſervations, & qu'ils prouvent que les Miniſtres, dans tous les tems, ſe ſont fait un jeu de la liberté des Citoyens.

LISTE de quelques perſonnes miſes à la Baſtille en différens tems, avec les ſujets de leur détention.

LE ſieur *André Dubuiſſon*, faux ſorcier, pour avoir fait voir le diable au *Duc d'Olonne*, pour avoir de lui de l'argent (1).

---

(1) L'Auteur de cette feuille avertit qu'il s'eſt fait un devoir ſcrupuleux de ne rien changer aux expreſſions propres du Regiſtre, dans lequel on ſera peut-être étonné qu'on ait mis tant de naïveté & de bonne-foi. Mais on ne pouvoit pas ſuppoſer qu'il vît jamais le jour.

Le nommé *Girard*, faisant le grand espionnage, sans y être autorisé par le Ministère; mis en 1751, sorti en 1762, & transféré à Vincennes par le sieur *Framboisier*, Inspecteur de Police.

Le Pere *Toussaint*, Récollet, donneur de faux avis.

Le sieur *de la Fosse*, en 1751, pour avoir fait voir le Diable à Madame *de Montboissier*.

Les sieurs *Laby* & *d'Autin*, accusés de mauvais propos dont on n'a pas eu la preuve; *detenus un an*.

Le sieur *de Morvan*, Curé de Vincennes, donneur d'avis outrés contre le Janséniſme.

Le sieur *de Veaugean*, pour menaces faites au Miniſtre de la Guerre.

François *Forcaſſi*, Italien, en 1732, frippon qui dupoit les Seigneurs de la Cour en leur donnant des remedes pour rajeunir.

Le sieur *Malbec*, intrigant, pour avoir aidé le Duc de Nivernois à se ruiner. *A la colonne des obſervations, il eſt dit :* Cet homme a une jolie femme.

Le Comte *d'Avergne*, Janséniste, qui apprenoit à son fils à avoir des convulsions.

Le Duc de *Fitzjames*, pour avoir menacé M. *Alexandre*, Chef du Bureau de la Guerre.

Le sieur *Ledoux* fils, miraculé de M. *Páris*.

La Demoiselle *Faulin*, convulsionnaire.

La Demoiselle *Angélique Noel*, pour avoir cassé des vitres chez son pere, dans une Convulsion.

Le sieur *Aubert*, gagne denier, crocheteur de la Constitution.

Le sieur *Desforges*, pour vers contre le Roi, transféré au mont Saint-Michel, & mis dans la cage.

Le sieur *Chassan*, pour mauvais propos contre le Roi, la Marquise *de Pompadour* & le Duc *de Richelieu*.

Le sieur *de Bergeron*, pour vers contre Madame *de Pompadour*.

Le sieur Comte *de Thélis*, pour intrigues à la Cour, & pour avoir voulu présenter un placet au Roi, à la chasse.

Le sieur *Fageol*, dissipateur, intrigant...., retenu parce qu'il avoit eu le secret de l'Etat à la poste.

Le sieur Chevalier *de Mouy*, pour avoir manqué d'exécuter les ordres de M. le Lieutenant de Police.

Le sieur *de Monchenu*, Ecuyer du Roi, pour avoir tué son laquais (1).

Le sieur *Robert de Moncamp*, arrêté, pris pour un autre. *On ne voit pas quand il en sorti.*

Le sieur ** pour insulte faite à Mademoiselle Julie, actrice de l'Opéra.

Les nommés *** auteurs, distributeurs & graveurs de l'Almanach du Diable.

Françoise *Aubillard*, tenant chez elle des Assemblées pour apprendre à faire des convulsions.

L'Abbé *Brunet*, Prêtre, Directeur des convulsionnaires.

----

(1) Celui-ci n'a été détenu que huit jours, sans qu'il soit dit qu'il ait été transféré ailleurs. Ainsi les prisons de la Bastille, qui enfermoient tant de victimes innocentes, servoient aussi à soustraire les vrais coupables au glaive de la Justice.

Le nommé :...., laquais, arrêté par précaution, & parce qu'il pouvoit favoir quelque chose des affaires de son maître.

Le sieur Abbé *Morellet*, soupçonné de travailler aux Nouvelles ecclésiastiques.

Jean *Doublet*, dit *Carpentier*, en 1746, impie digne du feu.

Le sieur *Marmontel*, & le nommé *Bury*, son domestique, Auteur d'une Parodie contre M. le Duc *d'Aumont*.

En voilà bien assez pour justifier la prise & la démolition de la Bastille, sur les ruines de laquelle on va élever un monument à LA LIBERTÉ.

3. M. Necker, que le Roi rappelle, est attendu avec impatience. Les Spectacles ne seront ouverts qu'à son retour. Fut-il jamais de triomphe plus grand pour un Ministre vertueux. Ce nouveau Sully versera sans doute des larmes de joie en revoyant le Monarque adoré, qui nous rappelle la bonté de Henri IV, qu'il vient de prendre pour modèle.

9 782013 026949